FÊTE DU R. P. RECTEUR

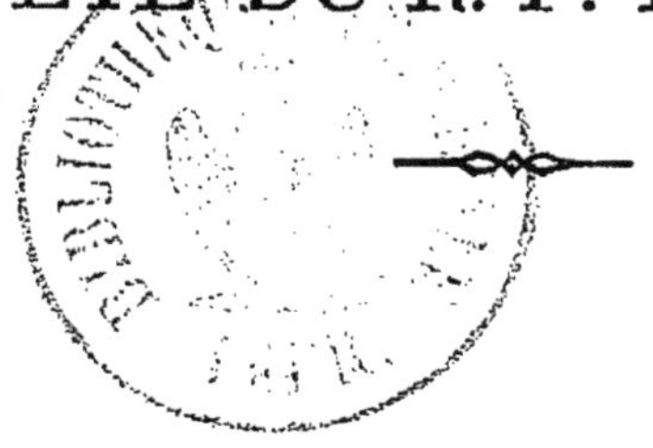

HOMMAGE

AU R. P. G. ARGAND

1866

FRANÇOIS DE GUISE

DRAME EN CINQ ACTES ET EN VERS

Représenté pour la première fois, par les Académiciens
de Rhétorique, le 2 juillet 1866.

PERSONNAGES :   MM.

CHARLES IX, Roi de France.......   ANDRÉ VILFEU, *secrétaire.*

FRANÇOIS, duc de GUISE, lieutenant-
   général.........................   HECTOR AUSSILLOUX.

HENRI, prince de JOINVILLE, son fils.   ALFRED FABRE.

LOUIS Iᵉʳ, prince de CONDÉ, chef des
   Calvinistes....................   AUGUSTE BOUGON, *président.*

ANNE de MONTMORENCY, connétable.   STÉPHANE DERVILLÉ.

MICHEL de L'HÔPITAL, chancelier..   ADRIEN DELAHAYE.

DANDELOT (FRANÇOIS de COLIGNY)..   PAUL GUIGNERY, *conseiller.*

ODET de CHATILLON, frère du précé-
   dent..........................   ÉDOUARD HENRY.

TAVANNES (GASPARD de SAULX, seigneur de), général............   PAUL ROBIN.

AMYOT, ancien précepteur de Char-
   les IX, abbé de Bellozanne......   PAUL GROS.

THÉODORE de BÈZE, ministre protes-
   tant..........................   JOACHIM DE SEQUEIRA,
                       élève de philosophie.

ROSTAING, capitaine des gardes....   RENAUD DE MOUSTIER.

POLTROT de MÉRÉ, seigneur Angou-
   mois..........................   STANISLAS LOISEAU.

Soldats Catholiques.

Soldats Huguenots.

La scène est tantôt au camp, près d'Orléans, tantôt à Orléans même.

PARIS. — IMP. VICTOR GOUPY, RUE GARANCIÈRE, 5.

NOTES EXPLICATIVES

—

Les historiens de notre époque se sont généralement attachés à faire ressortir les actes d'intolérance cruelle commis par les catholiques contre les Huguenots, dans les guerres de religion.

La contre-partie de cette manière d'écrire l'histoire est très-facile à faire.

Mais en se mettant en dehors de tout esprit de parti, l'observateur judicieux pourra constater, que les vrais coupables furent les protestants. Ils introduisirent violemment leurs nouveaux dogmes, se révoltèrent contre l'autorité légitime, furent les premiers agresseurs, et causèrent ces troubles inconnus jusque-là qui désolèrent la France pendant cinquante ans.

Nous en étudierons les causes et le principe au siége d'Orléans (1553), dans ce drame historique intitulé : *François de Guise.*

Nous en accompagnerons les péripéties de notes justificatives.

Pour le besoin de notre scène, nous avons été obligés de hâter l'arrivée du jeune roi Charles IX, au camp d'Orléans, et, de devancer l'époque où s'ouvrirent les négociations entre Montmorency et Condé. Pour la même raison, nous avons remplacé le personnage de

Catherine de Médicis par celui de L'Hôpital ; et nous n'avons pas résisté non plus au plaisir de lui opposer l'aimable et naïve figure du vertueux Amyot, ancien précepteur de Charles IX. Ce sont les seules inexactitudes que nous ayons cru pouvoir nous permettre dans l'intérêt du drame, sans interdire toutefois à cette pièce le champ de l'idéal.

ACTE PREMIER

(La scène représente la tente royale. — Dans le fond, Orléans et le faubourg du Portereau, séparés par la Loire.)

SCÈNE PREMIÈRE

Amyot (1513-1593), ancien précepteur de Charles IX et de Henri III, actuellement abbé de Bellozanne, plus tard évêque d'Auxerre.

Henri, prince de Joinville, fils du duc François de Guise, âgé de treize ans, surnommé plus tard le Balafré, mort assassiné au château de Blois (1588); prince « aimable, doué d'une intelligence supérieure, d'une extrême aptitude aux affaires, incomparable dans tous les exercices du corps (il nageait parfois tout armé, luttant contre le courant d'une rivière), » « près duquel tous les autres princes paraissaient peuple ; » mais ambitieux et intrigant. (V. Mss. Béthune, mss. Gaignières, Mémoires de Marguerite de Valois, Balzac et les deux sonnets du Tasse.....)

. . . . . Vos pieux triumvirs
Voulaient de la patrie étouffer les soupirs.

Le triumvirat formé pour le salut de la France par François de Guise, Montmorency et le maréchal de Saint-André. — Ce dernier était mort à la bataille de Dreux (1562). A ce combat dont tout l'honneur revient au duc François de Guise, Montmorency avait été pris par les protestants, Condé par les catholiques.

> J'ai pu sonder son cœur, connaître sa finesse,
> Son hypocrite amour, sa timide fierté.

Pour de plus amples détails sur le caractère de Catherine de Médicis, il suffit de lire toutes les histoires, et un document précieux : *le Discours merveilleux de la vie, actions et déportements de la reyne Catherine de Médicis*, attribué à Henri Estienne (1574).

Voltaire lui-même est de notre avis. Henriade, l. II. Voyez aussi les notes de la *Harenga*.

> L'Hôpital la seconde. . . . . .

« La physionomie de L'Hôpital, dit M. A. Trognon dans son histoire de France, porte plus peut-être l'empreinte de la sagesse antique que celle du christianisme » (t. III, p. 24). « On le soupçonnait d'hérésie, et l'on répétait comme un proverbe qu'il fallait se garder de la messe du chancelier... » (Villemain, *Vie de L'Hôpital*, p. 418.)

Gabourd, *Histoire de France*, t. X, p. 353, nous semble avoir donné une assez juste appréciation du chancelier, en louant sa science et critiquant son caractère privé.

> Capitaine accompli, fils vaillant de l'Église,
> En abdiquant deux fois un pouvoir qu'il méprise.

Voici le jugement de Pasquier sur Guise : « Ce grand capitaine et guerrier, aimé et haï d'uns et d'autres d'une

même balance, accompli certes de plusieurs grandes
parties, tant de la fortune que de sa valeur ; il fut seigneur fort débonnaire ; vaillant et magnanime ; prompt
à la main quand le besoin le requérait, ne sachant que
c'estait de crainte, et néanmoins si attrempé dans toutes
ses actions, que jamais la témérité ne lui fit outre passer
les bornes de ce qu'il devait. » (Liv. IV, Lettre 20ᵉ.)

« François de Lorraine, dit l'historien de Thou, peu
suspect de partialité, fut de l'aveu même de ses ennemis le plus grand homme de son siècle, digne de toutes
sortes de louanges, de quelque côté qu'on l'envisage.
Son habileté consommée dans la guerre, jointe à un
extrême bonheur, et sa rare prudence dans le manie-
ment des affaires, l'auraient fait regarder comme né
pour le bonheur et l'ornement de la France, s'il eût
vécu dans des temps moins orageux et dans des con-
jonctures où l'État aurait été mieux gouverné. » (*Histoire universelle*, par J.-A. de Thou, liv. XXXIV.)

Après ces deux témoignages, il serait superflu de
citer Brantôme (*Vies des grands capitaines*), Valincourt
(*Vie du duc de Guise*), Masson (*Vita Francisci Guisii*), les
vers de Dorat, de Ronsard, de *L'Hôpital* lui-même ; les
Mémoires de Tavannes, les Commentaires de Montluc
et les éloges des étrangers, allemands, italiens, espa-
gnols. Ajoutons seulement que le pape Paul IV disait de
lui qu'il était « un bienheureux martyr, le sauveur de
la France, » et le comparait aux Machabées. (V. mss.
V. C. de Colbert, v. 391, fol. 259.)

SCÈNE II

Ce fait est authentique, ainsi que les paroles mêmes

du duc de Guise. L'événement eut lieu quelques mois auparavant.

(V. Montaigne, *Essais*, l. I, c. 23.)

SCÈNE IV.

Poltrot de Méré, seigneur Angoumois, né en 1525.

« Ce Poltrot partit d'Orléans, vint trouver M. de Guyse, et par un beau semblant lui dit que cognaissant les abus de la religion prétendue réformée, il l'avait quittée tout à plat, et pour ce l'estait venu trouver pour la changer et vivre en la bonne, et servir Dieu et son Roy. M. de Guyse qui était tout bon, magnanime et généreux, le receut fort bien et amiablement, ainsi qu'estait sa coutume, luy fit donner un logis, et mangeait souvent à sa table. (Brantôme, *Hommes illustres*.)

SCÈNE V.

Charles IX (1550-1574), âgé de treize ans, avait été élevé par Amyot. Prince frivole, mais ami des lettres, il aurait pu être un grand roi, si l'on en croit les contemporains, sans la détestable éducation que lui donna plus tard sa mère...

Le Trouvère, acte II (Verdi).
Paroles de l'opéra.

CHŒUR.

Quand le roi vient, plus d'alarmes;
A bientôt le jeu des armes,
Nous vaincrons ces mécréants;

Essuyons le sang du glaive,
Mais demain ni paix ni trêve,
Que le siége enfin s'achève,
Et nous prendrons Orléans.

UN GUERRIER.

Chers compagnons, votre vaillance
 N'attendra pas longtemps ;
On garde à votre impatience
Un butin magnifique et des faits éclatants.
 Pour vos travaux, la gloire est prête,

 A demain la fête.

CHŒUR.

Que la trompette aux accents belliqueux
Fasse éclater la fanfare guerrière ;
Nos ennemis nous verront, avec eux,
Descendre armés dans la noble carrière.
 Le signal des combats
 Dans l'arène nous appelle ;
 Du courage, soldats,
 Dieu qui guide nos pas
Nous promet un beau trépas ;
C'est la palme la plus belle.
Nous partons avec Guise, à la voix de l'honneur ;
 Et nous irons avec bonheur
 Mourir sous son drapeau vainqueur.

ACTE DEUXIÈME

(Même décor que dans l'acte précédent.)

SCÈNE PREMIÈRE.

Mais j'entendais hier un général me dire.

Pour les projets contradictoires de Castelnau et du duc de Guise, consulter :

Mémoires de Castelnau; Vie des hommes illustres, par Dauvigny ; *Vie du duc de Guise,* par Valincourt, et les auteurs déjà cités.

SCÈNE II.

De l'édit de janvier, vous connaissez les suites.

L'histoire des tristes événements qui remplirent l'année 1562 est relatée surtout dans les pièces suivantes : 1° Discours du saccagement des Eglises de France, par dom Claude de Saintes, bénédictin, 1563. 2° Le discours des premiers troubles advenus à Lyon. Lyon, 1569. 3° Discours de ce qui a été fait, ès-villes de Valence et Lyon. (*Mémoires de Condé*). 4° Lettre du baron des Adrets à la reyne mère. — V. *Archives curieuses,* t. IV. — Le poëte Ronsard qui combattit aussi de la plume *et de l'épée*, nous peint les Huguenots en 1562 défendant

> . . . . . Une doctrine armée,
> Un Christ empistolé, tout noirci de fumée,
> Qui, comme un Méhémet, va portant à la main
> Un large coutelas, rouge de sang humain:

Scène III.

Sous l'étendard d'un Guise et d'un prince étranger.

Consulter sur l'ambitieuse impétuosité du prince d^e Condé (1530-1569), sur ses projets, sur sa haine contre les ministres *étrangers*, *l'histoire des ducs de Guise*, par René de Bouillé, t. II, p. 40, *papiers de Simancas* B. II; *dépêches de Chatonnay;* Davila, Lacretelle et même Vitet, *la Ligue.*

Le hasard pouvait-il nous livrer une place.

V. le *Discours de la prinse de Calais*, Tours, chez Jehan Rousset, imprimeur et libraire, 1558.
Quant au massacre de Vassy, voyez Acte V^e.

ACTE TROISIÈME

(Une place d'Orléans. — Dans le fond, la cathédrale.
Plusieurs rues.)

Scène premiébe.

Dandelot ou d'Andelot, frère de Coligny (1521-1569) caractère bien connu, l'un des plus ardents défenseurs dé la religion protestante. Poltrot ne le chargea point dans ses premiers interrogatoires, mais l'accusa plus tard comme Coligny.

Bèze (1519-1605), ministre protestant, porta dans la controverse une violence excessive, fut le principal instigateur du meurtre du duc de Guise, et de celui de Michel Servet. « Poltrot, qui tua M. de Guise, fut persuadé par l'admiral, M. de Bèze, ministre. » (*Mém. de Tavannes*, col. Michaud, p. 273).

Ce fait, affirmé par plusieurs auteurs contemporains, l'est encore par Poltrot et je dirais, Bèze lui-même. Poltrot, dans sa déposition, affirme, comme on le verra plus loin, que ce ministre à Orléans l'engagea à commettre ce crime. Or, que répond Bèze dans sa justification ? « Après le meurtre perpétré à Vassy, il (Bèze) n'a toutefois jamais été d'advis de procéder *pour lors* contre le dit sieur de Guyse que par voye de justice ordinaire.... mais *tost après*, ledit seigneur, ayant pris les armes, il confesse avoir *dès lors* tant en public en ses prédications que par lettres, et de paroles adverti de *leur devoir* tant Monseigneur le prince de Condé que M. l'admiral, pour les induire à maintenir par *tous moyens à eux possibles*, l'authorité des édits du Roy... Et, au surplus, quand au seigneur de Guyse, il confesse avoir infinies fois désiré et prié Dieu ou qu'il changeast le cœur dudit seigneur de Guyse, ou qu'il *en délivrast* ce royaume.» Voir la *réponse à l'interrogatoire qu'on dit avoir esté fait à un nommé Jean Poltrot, par M. de Châtillon, admiral de France. (Mémoires, Journaux du duc de Guise.* Col. Michaud, 1re série, t. II.) — Consulter, sur cet article, Bossuet, *Histoire des variations*, l. X, chap. xxvi et suiv., ch. li, et surtout liv.

Scène ii.

Odet de Châtillon (1515-1570), frère de Dandelot et de Coligny.

Laisse là, Dandelot, ces tirades bibliques.

Langage bien connu alors parmi les puritains et les calvinistes. L'histoire l'atteste, et Walter Scott s'en est servi avec science et talent dans *les puritains d'Ecosse*.

. . . . Il est fier, rude et brave,

Montmorency (Anne de) (1493-1567) connétable de France, fit ses premières armes à Marignan, et fut, à cause de sa valeur aventureuse, l'un des principaux auteurs du désastre de Pavie. Il perdit la bataille de Saint-Quentin, mais gagna celle de Dreux où il fut fait prisonnier. Autrefois jaloux de la puissance des Guise, il s'était rattaché depuis trois ans au duc François. Son caractère est historique. Le fait connu de son fameux chapelet nous peint vivement sa foi naïve et rude.

Scène vii.

Sera le nom d'un saint, d'un martyr, d'un héros,

Voyez la *Chanson d'adventuriers huguenots*, dédiée à Poltrot, le 24 février 1566, *de la délivrance*, *l'an 3e ; le chant victorieux en l'honneur de Poltrot* ; *Adriani Turnœbi Poltrotus Merœus* ; et autres cités par P. de l'Estoile ou Lestoile, dans son journal. (Col. Michaud, 2e série, I, p. 17.) La mémoire de ce scélérat fut déclarée sainte par le Réveil-matin.

Les Huguenots, acte IV (Meyerbeer).
Paroles de Scribe.

CHŒUR DE HUGUENOTS.

LES TROIS MINISTRES.

Gloire au Dieu vengeur !
Gloire au guerrier fidèle
Dont le glaive étincelle
Pour servir le Seigneur.
Glaives pieux, saintes épées,
Qui dans un sang impur bientôt serez trempées,
Vous par qui le Très-Haut frappe ses ennemis,
Poignards sacrés, par nous soyez bénis !

CHŒUR.

Oui, gloire au Dieu vengeur,
Gloire au guerrier fidèle,
Dont le glaive étincelle
Pour servir le Seigneur !

BÈZE.

Que ces poignards sanglants, que ces crêpes funèbres
Du ciel distinguent les élus !

LES TROIS MINISTRES.

Ni grâce, ni pitié, frappez dans les ténèbres,
Ces monstres orgueilleux, ces princes trop célèbres,
Et le père et l'enfant à vos pieds abattus.
Ni grâce ni pitié, que votre main détruise
L'insolente maison des Joinville et des Guise ;
Anathème sur eux ; Dieu ne les connaît plus.

CHŒUR.

Dieu le veut, Dieu l'ordonne ;
Amis, que leur glas sonne,
A ce prix il pardonne
Au pécheur repentant.
Que le glaive étincelle,
Que le sang ruisselle,
Et la palme immortelle
Dans le ciel nous attend !

BÈZE.

Jurons tous,
Aux pieds de la Trinité sainte,
Mes amis, à genoux.

CHŒUR.

Pour cette cause sainte,
J'obéirai sans crainte,
Pour mon Dieu, pour sa loi.
Comptez sur mon courage ;
Entre vos mains j'engage
Mes serments et ma foi.

Reprise du chœur général.

ACTE QUATRIÈME

(La scène représente l'Ile-aux-Bœufs, près Orléans. — Plus loin,
la Loire et le pont qui unit le faubourg du Portereau à la ville.
— Devant ce pont, le fort des Tournelles.)

SCÈNE PREMIÈRE.

Les motifs de Poltrot sont bien exposés dans ses dépositions. V. *Response à l'interrogatoire* (*loc. cit.*)

SCÈNE VI.

. . . . Coligny! lisez donc ces paroles
Qu'il adresse à Poltrot avec trente pistoles.

La complicité de Coligny est certaine. 1° Poltrot
dans ses dépositions (loc. cit., p. 521, 22, 23, 24), raconte
que le sieur de Châtillon (Coligny) lui avait dit à Orléans qu'il ferait, en tuant Guise, la chose la plus belle
et la plus honorable du monde... qu'à l'instant survint
Théodore de Bèze et autre ministre protestant portant
barbe noire, lesquels lui dirent qu'il serait le plus heureux des hommes s'il voulait exécuter l'entreprise dont
M. l'admiral luy avait tenu propos; parce qu'il osterait
un tyran de ce monde, par lequel acte il gaignerait
paradis: et luy dirent, lesdits ministres, qu'il n'estait
pas le seul qui avait fait de telles entreprises, et même
ledit seigneur de Châtillon luy dist qu'il y avait plus
de cinquante autres gentilshommes de bon lieu qui luy

avaient promis de mettre à effect autres semblables entreprises, et luy feit à l'instant bailler vingt escus par son argentier.

V. de plus *Mém. de Condé*, t. IV.

2° La seconde preuve est tirée de la réponse même ᴊe l'amiral, réponse bien froide, dit Pasquier. — Il y admet 1° qu'il a connu Poltrot; 2° que celui-ci lui a proposé de tuer le duc de Guise; 3° qu'il lui a donné de l'argent et un cheval d'Espagne; 4° qu'il applaudit au résultat. (V. cette *response*, loc. cit.)

3° Tout le monde le jugea ainsi au moment où la réponse parut; « *toutes personnes qui virent et lurent laditte justification* » jugèrent ledit sieur être coupable de laditte mort, parce que les responses qu'il faisait aux accusations n'estaient si pertinentes qu'estaient icelles accusations. » (*Mém. de Claude Hatton*, 1563. — *Documents inédits*, p. 363.) 4° *Les mémoires* de Tavannes, *loc. cit.*, p. 273; ceux de Castelnau, p. 487; Prosper de Sainte-Croix, dans sa trente-septième lettre de la collection des *Archives curieuses*, le déposent.

Quant à Condé, Poltrot ne l'accusa jamais et le disculpa toujours.

SCÈNE VII

Condé et Montmorency eurent de vifs débats. (René de Bouillé, *Hist. de Guise*, t. II, p. 299.)

ACTE CINQUIÈME

(Le théâtre représente une chambre du château de Corney,
près Saint-Hilaire.)

SCÈNE PREMIÈRE

. . . . Je vais te la soumettre.

Cette épître est de Charles IX. L'avait-il composée à
cette époque? On ne peut l'affirmer. Il est cependant
certain qu'il avait écrit déjà à treize ans deux lettres en
vers au chef de la Pléiade...

SCÈNE III

. . . . Vous saurez le chemin
Qui mène au carrefour de la croix Saint-Mesmin.

Ce récit ainsi que le discours de Guise sont authen-
tiques.

(V. la *Lettre de l'évesque de Riez au Roy,* 1563. —
Archives curieuses, 1re série, t. V.)

Vassy fut un combat et non pas un carnage.

Cette affirmation solennelle de Guise est historique.
— De plus, quand on lit avec impartialité les documents
contradictoires : 1° *Destruction ou saccagement exercé
cruellement par le duc de Guyse et sa cohorte en la ville
de Vassy, le premier mars 1562; 2° Discours au vray et*

*en abrégé de ce qui est dernièrement advenu à Vassy,
passant Monseigneur le duc de Guise ; 3° Discours en-
tier de la persécution et cruauté exercée en la ville de
Vassy, par le duc de Guise ; 4° Discours faits dans le par-
lement de Paris, par le duc de Guise et le connétable de
Montmorency ;* — il est évident que les Huguenots attaquè-
rent les gens du duc de Guise ; que celui-ci vint à leur
secours, et usa de toute la modération possible, malgré
les blessures qu'il reçut ; et que, cependant, dans cette
échauffourée, il y eut trois catholiques et dix ou douze
Huguenots tués. — C'est la conclusion de M. Villemain, *Vie de L'Hôpital*, p. 391.

Et maintenant, après la lecture de ces documents, on
peut s'étonner qu'un Français, un historien, ait pu écrire
en plein xixe siècle, ces paroles : « Ceux qui ont vu au
visage le duc de Guise (comme moi, dans le dessin Fou-
lon), qui ont présente cette face sinistre et de désespéré,
jugeront que cet homme perdu, qui n'avait vécu que du
succès, dut mourir furieux quand un tel coup lui arra-
chait la proie des dents, et que la main d'en haut l'ayant
amené là, vainqueur, maître de tout et seul, les autres
étant morts, à son tour lui tordait le cou. — (Michelet,
Guerres de religion, p. 317.)

Les protestants n'ont jamais outragé à ce point la mémoire du grand Guise ; c'est qu'un illustre catholique
sera toujours plus exécré par les libres penseurs que
par les protestants.

CHŒUR DE FÊTE.

Zampa, acte II, final (Hérold). — Paroles de L. Mortureux,
Académicien de rhétorique.

Voguez, barque légère,
Fendez l'azur des flots;
Pour louer un bon père,
Chantez, gais matelots.
C'est la fête
Qui s'apprête;
En ce jour,
Allons tour à tour,
Heureux marins, sans craindre la tempête,
Dire un refrain d'amour.

SOLO.

PREMIER COUPLET.

Père, ta parole
Est notre boussole
Qui nous mène au port.
Si la mer moutonne,
Si la foudre tonne,
Tu seras plus fort.
Nous ne craindrons pas la mort,
Pas d'orages,
De naufrages,
Si nous ramons à ton bord.

SECOND COUPLET.

Servir sa patrie,
Sa mère, Marie,
Doux reflets de Dieu ;
Défendre l'Église
Comme un noble Guise,
C'est ton triple vœu.
Quand nous te dirons adieu,
Fendant l'onde
De ce monde,
Nous te suivrons en tout lieu.

Lestocq, ouverture (Auber).

Les Mousquetaires de la Reine, ouverture (Halévy).

Les Huguenots, ouverture (Meyerbeer).

Les Dragons de Villars, ouverture (Maillard).

Marche funèbre de la Symphonie héroïque (Beethoven).